¡Eh!
¡No tan
deprisa!

Teresa Porcella
Cristina Losantos

COMBEL

YA SABES QUE ANTES DE SALIR DE CASA
HAY QUE LAVARSE UN POCO.

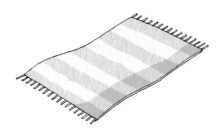

¡EH! ¡NO TAN DEPRISA!
¡HAY QUE LAVARSE Y VESTIRSE!

¡EH! ¡NO TAN DEPRISA! ¡HAY QUE LAVARSE, VESTIRSE Y DESAYUNAR!

¡EH! ¡NO TAN DEPRISA! ¡HAY QUE LAVARSE,
VESTIRSE, DESAYUNAR Y CEPILLARSE LOS DIENTES!

¡EH! ¡NO TAN DEPRISA! ¡HAY QUE LAVARSE,
VESTIRSE, DESAYUNAR, CEPILLARSE LOS DIENTES
Y COLGARSE LA MOCHILA!

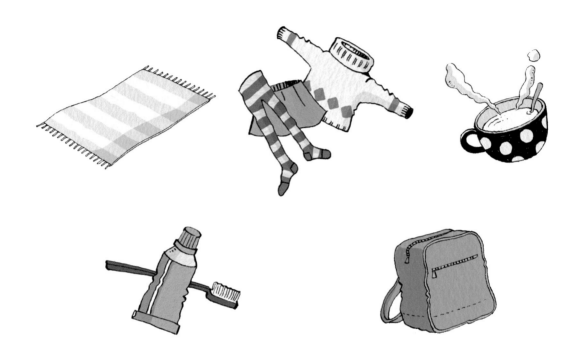

¡EH! ¡NO TAN DEPRISA! ¡HAY QUE LAVARSE,
VESTIRSE, DESAYUNAR, CEPILLARSE LOS DIENTES,
COLGARSE LA MOCHILA Y DAR UN BESO
AL ABUELO Y A LA ABUELA!

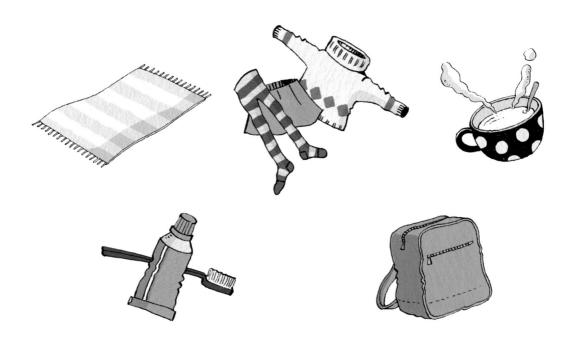

¡EH! ¡NO TAN DEPRISA! ¡HAY QUE LAVARSE, VESTIRSE, DESAYUNAR, CEPILLARSE LOS DIENTES, COLGARSE LA MOCHILA, DAR UN BESO AL ABUELO Y A LA ABUELA Y ACARICIAR AL GATO PARA QUE NO SIENTA CELOS!

¡EH! ¡NO TAN DEPRISA! ¡HAY QUE LAVARSE, VESTIRSE, DESAYUNAR, CEPILLARSE LOS DIENTES, COLGARSE LA MOCHILA, DAR UN BESO AL ABUELO Y A LA ABUELA, ACARICIAR AL GATO PARA QUE NO SIENTA CELOS Y PONERSE EL ABRIGO, LA BUFANDA Y EL GORRO!

© 2017, Teresa Porcella por el texto
© 2017, Cristina Losantos por las ilustraciones
Coordinación de la colección: Noemí Mercadé
Diseño gráfico: Bassa & Trias
Traducción: Jordi Martín Lloret
© 2017, Combel Editorial, SA
Casp, 79 – 08013 Barcelona
Tel.: 902 107 007
combeleditorial.com

Primera edición: marzo de 2017
ISBN: 978-84-9101-226-9
Depósito legal: B-482-2017
Printed in Spain
Impreso en Índice, SL
Fluvià, 81-87 – 08019 Barcelona

Títulos de la colección

¡arre, caballito!

Cuando cantamos

Jaume Copons
Daniel Estandía

¡Ay, mi Tina!

Bel Olid
Roger Zanni

Invierno

Gustavo Roldán

¡Dilo!

Teresa Porcella
Gusti

trote

Simplemente yo

Jaume Copons
Mercè Galí

¡Eh, no tan deprisa!

Teresa Porcella
Cristina Losantos

Cuando las cosas se mueven

Juan Arjona
Marta Antelo

galope

Vito, el cerdito

Jaume Copons
Pedro Rodríguez

Lo encontró la encontradora

Bel Olid
Emma Schmid

¿Por qué?

Teresa Porcella
Emilio Urberuaga

Un cocodrilo en la granja

Susanna Isern
Carles Ballesteros